UN MOT AUSSI,

PUISQUE LA PRESSE EST LIBRE.

Dicere verum, et cuique suum, rei publicæ interest.

Par Joseph - Désiré Chevalier-Primat LUPUS.

BRUXELLES.

1818.

(Se vend au profit des Pauvres.)

L'auteur déclare que tous les Exemplaires seront signés de sa main. *Rupus*

AU NOM DE LA *PURE* VÉRITÉ,
DE LA *SAINE* RAISON,
ET DU *BON* SENS:

AINSI SOIT-IL.

———

Vous riez, lecteur, de ce que mon début a tout l'air d'un texte de sermon, ou d'un intitulé de testament.

Tant mieux; car vous devez me savoir gré de ce que je commence par vous faire rire.

J'avais presque juré de ne jamais entrer dans les grandes affaires, dont se mêlent jusqu'à ceux qui n'y connaissent rien : mais, à force d'avoir entendu raisonner et déraisonner, j'ai fini par succomber à la tentation; sauf à satisfaire, *bien vîte*, ma petite *fantaisie passagère*, parce que l'exemple de tant d'autres m'a appris que le moindre séjour, qu'on fait dans l'enceinte opaque qu'occupent ceux qui aiment à parler

1.

et à écrire, donne des indigestions, que je redoute presqu'autant que la peste, qui n'est pas peu de chose.

Comme il est impossible de plaire à tout le monde, mon petit mot éprouvera le sort général.

J'en suis, d'avance, fâché pour lui ; mais, quand je pourrais l'y soustraire, je ne voudrais pas sacrifier la franchise, la droiture, et moins encore la vérité, au talent de nager entre deux eaux, ni à l'art de taire, ou de déguiser même, ce que je pense.

Peut-être que ce petit mot (quoique très-bénévole et très-véridique), fera dire de bien grandes paroles ; *peut-être* qu'il fera faire de bien larges phrases, et naître de bien longues réfutations.

J'en serai encore fâché, par rapport aux *autres* : mais, la presse n'est pas libre pour rien ; et il est juste d'ailleurs que chacun s'amuse, et que chacun s'en donne *à satiété*.

Quant aux répliques et aux ripostes, acerbes ou caustiques, *cela va sans dire* : mais ce n'est rien ; car, loin d'être chatouilleux, j'aime à voir un chacun rire et plaisanter à son tour ; serait-ce à mes dépens, parce qu'il ne faut pas être *égoïste*.

Je ferai même plus ; car je laisserai tout dire et tout écrire, sans y faire la moindre réponse quelconque, par la double raison que je ne tiens pas du tout à avoir le *dessus*, et que, très-économe d'ailleurs en fait d'emploi d'esprit et de temps, je ne veux ni user l'un contre des esprits *forts*, ni passer l'autre à faire la petite guerre d'écrivains, au rang desquels je n'ai ni la prétention, ni le goût, de me mettre ; car, publier un petit mot, *en passant*, n'est pas vouloir être auteur.

UN MOT AUSSI,

PUISQUE LA PRESSE EST LIBRE.

Aucun devoir particulier ne me portant à écrire sur ce que font ou ne font pas les hommes, l'entreprendre est me lancer dans un *chaos*, que qui que ce fut n'est parvenu à débrouiller, et dont j'ai vu tant de gens sortir, ou les oreilles *pendantes*, ou l'esprit en *courroux*.

Aussi, ne ferai-je que paraître et *disparattre*, parce que je ne me sens pas de vocation pour discuter, et parce que (l'aurais-je) je ne suis, sous plus d'un rapport, pas du tout propre à entrer dans une arène, dont jusqu'aux plus petits coins et recoins sont tellement encombrés d'orateurs, d'écrivains, et de publicistes, que je ne saurais ou me mettre, et que je ne veux point m'exposer à être étouffé dans la foule des *génies* de toutes les formes et de toutes les grandeurs, qui viennent *(je ne sais d'où)* la grossir encore chaque jour.

C'est pourquoi je vais me contenter de faire

une *simple* et *courte* apparition sur les *bords*
de cette arêne, que la prudence me dit de ne
pas franchir.

Messieurs les combattans me permettront,
sans doute, cette petite curiosité; et ils excu-
seront, j'espère, un homme qui s'est tû si
long-temps, s'il satisfait l'envie, qui lui a pris
tout-à-coup, de jaser *un peu* sur les grandes
matières qui leur ont coûté tant de discours
et tant de volumes.

Comme j'ai cru apercevoir, dans cette foule
immense, des personnages de tous les calibres et de toutes les humeurs, qui ont ou parlé
de tout, ou écrit sur tout, malgré que les uns
me paraissent n'avoir parcouru qu'une car-
rière *très-bornée*, et quoique la sphère, où vé-
curent les autres, me semble avoir été *fort
étroite ;* oui, malgré que des troisièmes annon-
cent être *à peine* sortis de l'adolescence, il est
tout naturel que de semblables considérations
m'enhardissent, et que, m'étant trouvé, si souvent, dans le cas de faire, de sang-*froid*, et
de mûrir, à tête *reposée*, des observations et
des remarques, je crois pouvoir aussi dire
ce que je pense : mais, je le dirai *en gros*,
parce que je laisse le détail à ceux qui, *à tout
prix*, veulent se faire une réputation; à ceux
qui se plaisent à chamailler; et à ceux pour

lesquels la meilleure ressource est le métier d'auteur.

Chacun peut avoir une profession de foi morale et politique; et chacun doit la faire, *hautement*, lorsque sa conscience *l'approuve.* Donc,

CREDO :

Que les erreurs, les défauts, les fautes, les torts et les vices, sont, plus ou moins, le partage de *tous* les hommes.

Que les petits ont autant besoin de se corriger et de se réformer que les grands, et les pauvres autant que les riches; chacun d'eux en ce qui le concerne.

Que nous ne saurions jamais rien faire de parfait, ni de durable.

Que, de telle manière qu'un gouvernement, *quelconque*, puisse s'y prendre, et que, *telles* choses qu'il puisse faire, il ne saurait jamais parvenir à contenter tout le monde.

Que ce qui procure de l'avantage aux uns, occasionne du désavantage aux autres, parce qu'ainsi que nul n'y perd, qu'un autre n'y gagne, de même nul n'y saurait gagner, qu'un autre ne doive y perdre, soit de façon soit d'autre.

Qu'il ne faut ni despotisme, ni servitude,

ni intolérance, ni fanatisme, ni arrogance, ni dédain, ni gothicisme, ni superstition, ni momeries.

Mais qu'il faut, *avant toutes choses*, de la piété et de la charité, parce que, sans elles, on ne saurait jamais être, ni bon, ni sage, ni juste.

Que c'est un *fort mauvais* moyen que celui de combattre avec des invectives, et sur-tout avec des injures ; parce qu'employer de pareilles armes fait voir qu'on est plus conduit par haine et par vengeance *particulières*, que par amour et par désir du bien *public*, et parce que, d'ailleurs, on ne réussit jamais avec le fiel et l'amertume, tandis qu'avec des exposés, qui peuvent être très-pathétiques sans être virulens, on gagne toujours quelque terrain ; outre que, si l'on veut persuader, il ne faut pas *commencer par aigrir*.

Qu'entre parties plaignantes et prétendantes, il ne serait pas juste que l'on fît tout céder, par les unes, à la convenance des autres : mais, que toutes devraient faire, à l'intérêt général et à la paix commune, des cessions mutuelles.

Que ceux, qui ne *s'entendent pas*, ne peuvent s'arranger ; et que, pour parvenir d'abord à cette première fin, et ensuite à la seconde, il faudrait, de part et d'autre, *beaucoup* de condescendance , *beaucoup* de tolérance, et *beaucoup* d'indulgence même.

Qu'il ne faut pas revenir sur le passé, parce qu'il n'est plus en notre pouvoir, et qu'on ne doit s'occuper que du présent et du futur.

Qu'il faut d'autant moins aller rechercher de quel côté furent les premiers et les plus grands torts, que toutes ces recherches ne font que rendre les rapprochemens *plus difficiles*, et que celles, même, de l'homme le plus impartial et le plus équitable, ne sauraient l'en avoir instruit avec une certitude *assez positive* ; parce qu'il y a toujours eu des historiens *pour* et des historiens *contre*, ou plus ou moins *expressifs;* et parce que ceux, qui furent unanimes sur certains faits, ont pu être exagérés ou trompés ; outre que l'homme, qui en aurait le plus vu et le plus su, pouvait d'ailleurs avoir ignoré les trois quarts des choses, qui de son temps se passèrent au même sujet et à la même époque.

Que nous avons, *tous*, fait plus d'un faux pas, et plus d'une fois donné à gauche.

Que les souverains, les princes, les ministres, les administrateurs, les nobles et les prêtres, de tous les temps et de tous les pays, ayant été des hommes comme nous, furent, comme nous, imparfaits, faibles et fragiles.

Que, de plus de choses dont *un seul* homme eut à s'occuper, et plus d'embarras, plus de difficultés, et plus d'obstacles, durent l'avoir environné, et plus d'erreurs et de fautes il put, *et dut même*, avoir commis.

Que, si tous les jours des millions d'hommes commettent des abus, des excès et des injustices, dans le cercle, *si étroit*, de leur famille, et même d'individu à individu, l'on ne doit pas tant s'étonner si des ministres, et surtout si des monarques, firent des erreurs et commirent des fautes, ou des injustices; et que dire que ce fut toujours *sciemment* par eux (tandis que parmi le grand nombre de souverains, et le plus grand nombre encore de ministres, la plupart furent bons) est une hérésie politique.

Je crois enfin : que vouloir la paix, avec des paroles *ennemies*, est plutôt propre à produire un schisme funeste, qu'à opérer les rapprochemens, si désirables et si nécessaires, entre *toutes* les parties discordantes.

Je déclare au surplus : que je fus toujours royaliste, républicain et libéral.

Royaliste, avec les monarques bien intentionnés :

Républicain, pour tout ce que j'ai jugé être dans le bien, dans l'intérêt, ou dans l'avantage, *réels*, des peuples.

Et *libéral*, en tout ce qui était d'une liberté *sage* et *prudente*.

Avoir toujours pensé et toujours agi (autant et du mieux que j'ai pu) d'après ces principes, ne saurait être trouvé *pas assez*, que par ceux qui ne veulent point admettre qu'il y a, en toutes choses, un milieu, au-delà comme en-deçà duquel « *nequit consistere rectum.* »

Je m'adresse à *tout le monde*, parce qu'il y a à rabotter *par-tout*.

Je ne disserterai point, parce qu'on n'a déjà disserté *que beaucoup trop*, et que *trop* en dire embrouille, au lieu d'éclairer.

Je ne possède pas le talent d'écrire avec art, avec grâce, avec élégance, ni même très-grammaticalement, dans une langue qui n'est point ma langue propre : mais, je tâcherai de concevoir des pensées *justes*, et de tracer des idées *claires*.

Pourvu qu'on me trouve bien intentionné dans mes vues, et louable dans mon but, je cherche peu à être correct et brillant dans mon style.

Malgré toutes mes précautions et tous mes soins, je vais sans doute me tromper plus d'une

fois, parce que chacun se trompe : mais, au
moins , me tromperai-je en homme *qui ne
veut du mal à personne,* et qui *souhaite ar-
demment du bien à tous.*

Je crois que c'est beaucoup pour un temps
où il y a presqu'autant d'égoïstes que de têtes, et presqu'autant de génies que de cer-
velles.

J'éprouve un vif et ardent enthousiasme
aux noms si beaux et si doux, d'*humanité*,
de *bienfaisance*, de *justice*, de *liberté*, de *patrie*, de *gloire*, d'*honneur*, et d'*héroïsme*.

Mais, je me sens accablé d'une affliction
profonde , lorsqu'examinant *bien comment*
nous en remplissons les devoirs, je vois tant
d'hommes exercer si peu une *véritable* humanité ; ne pratiquer la bienfaisance que par *os-
tentation* ; ne trouver de la justice que pour
eux ou selon eux ; étendre la liberté jusqu'à
la *licence* ; couvrir *leur tenace égoïsme* de la
transparente enveloppe de *leur amour pour la
patrie* ; placer, au rang de la gloire, des faits
honteux, et que trop souvent *si déplorables* ;
mettre le duel *à la tête* du point d'honneur ;
et profaner l'héroïsme, en nommant ainsi l'acte
à la fois *le plus faible* et *le plus extravagant* :
celui de s'ôter la vie !!!

Parcourons, ensemble, les diverses réunions

d'hommes, de cette partie du monde si civi-
lisé, si éclairé, si instruit, si spirituel; et sus-
pendons notre jugement *définitif* sur les *causes* des événemens qui s'y passèrent, jusqu'à
ce que nous ayons sondé *par-tout* le terrain
à fond.

Ce ne sera qu'après avoir rempli ce *préala-
ble indispensable*, que nous pourrons juger si
les hommes, qui se plaignirent davantage, et
si ceux sur-tout qui crièrent le plus, furent,
de leur côté, exempts de travers et d'écarts.

Après ce petit examen fait, notre jugement
sera bientôt porté; car il nous suffira de mettre la main sur notre conscience, pour l'inter-
roger *en secret*, et pour en recevoir une réponse tacite, qui sera aussi prompte que plus
ou moins peu satisfaisante pour un chacun de
nous.

Les hommes les plus habiles et les plus
modérés se trompent tous les jours, et cependant tout le monde veut avoir raison :
mais, comme il n'est pas possible de la donner à tout le monde, il me semble que, partager entr'eux tous leurs différends et tous leurs
torts, serait prendre un terme moyen qui ferait cesser tous les reproches, toutes les plaintes, et toutes les disputes.

Raisonner et juger, d'après les autres, n'est

pas toujours ce qu'on a-fait de mieux; car cha·
cun a parlé et a écrit dans le sens où il *abon-
dait;* fort peu d'hommes ont tenu une *juste*
mesure; beaucoup ont donné dans les *extrémes*, et qui que ce soit ne fut à l'abri de la
prévention, qui pénètre par-tout, et dont personne ne se croit atteint.

Si l'on consultait, chaque individu sur la
manière dont les hommes devraient vivre, et
sur celle dont ils devraient être gouvernés, il
en résulterait un tel galimathias et un tel em-
brouillamini, qu'au lieu d'un édifice social,
on ne verrait bientôt que les vestiges de la société, et qu'une dissolution totale de toute harmonie entre les hommes; car, si leurs droits,
en fait de liberté, pouvaient s'étendre jusqu'à
être *entièrement* libres, chacun serait le maître de vouloir ou non, et d'obéir ou pas.

Il faut, nécessairement, que les plus sages
conseillent; que les plus instruits administrent; que les plus justes jugent; et que tous
les autres suivent l'ordre existant et obser-
vent les règles établies.

Mais, lorsqu'on voit un nigaud se moquer
d'un dogme, un décroteur désapprouver un
traité, un savetier blâmer un édit, et les gens
à talens s'échauffer, s'exaspérer et se disputer
à outrance entr'eux, les choses *ne sauraient*
aller bien.

Toute nation est formée d'un grand nombre de classes distinctes, et chacune d'elles a ses intérêts, ses habitudes, ses usages, ses convenances et ses principes, *relatifs*, plus ou moins en opposition avec ceux des autres classes : de sorte qu'aucune de ces classes ne peut jouir, en *toute plénitude*, de ce que nous appelons : les *droits naturels* de l'homme; parce que, du moment où l'on se trouve réuni en société, et sur-tout en corps social, ces droits cessent d'être *rigoureusement* naturels, pour devenir *civils*, vu que chacun doit alors y *mettre du sien*.

La perfection ne fut et ne sera jamais la compagne de l'ordre social, parce que ses élémens seront toujours imparfaits, et qu'il y aura, toujours plus ou moins, mélange de biens et de maux, d'avantages et de désavantages, dans toutes les institutions humaines.

La différence des caractères, des tempéramens, de l'éducation, des systêmes, des opinions, des inclinations, des penchans et des idées, produiront toujours des effets, *divers* et *contraires*, dans les esprits et dans les cœurs.

Les mouches redoutent les araignées; les souris évitent les chats; les puces sont incommodes; les pies trop bavardes, les marmottes trop insipides, les mules trop têtues, les ogres

2

trop gourmands, les singes trop vifs et les re-
nards trop fins.

D'ailleurs, il existera toujours une insur-
montable antipathie entre les pygmées et les
grues; les sages seront toujours mal vus par
les sots; l'homme *paisible* sera toujours la vic-
time de l'homme *turbulent*; et le plus faible
devra toujours plier sous le plus fort.

Au surplus, quand même on pourrait parvenir à donner, aux hommes, un gouvernement qui plairait et qui conviendrait à tous;
il est sûr que ce qui serait, pour eux, un *su-
perlatif parfait* aujourd'hui, cesserait (pour
beaucoup d'entr'eux) de le paraître demain,
et que, dès après demain peut-être, ses plus
grands admirateurs seraient les premiers à
vouloir y faire des réformes, des modifica-
tions, des adjonctions, ou des suppressions,
parce qu'il est dans la nature de l'homme d'ê-
tre inconstant et de vouloir toujours amélio-
rer et changer.

Nous ne devons chercher qu'à nous rendre *mutuellement* heureux; et, pourvu que
l'on arrive au plus parfait bonheur possible,
peu importe par quel chemin ce soit; car la
terre qui produit, et le ciel qui féconde, seront toujours les mêmes : l'une, pour procu-
rer, et l'autre, pour vivifier, tout.

Enfin, le plus petit homme, satisfait, vaut tous les plus grands hommes mécontens; le plus ignare, dont le cœur est en paix, l'emporte sur le plus docte, qui a le sien agité; le plus *faible*, qui a l'ame pure, l'est moins que le plus *puissant*, dont la conscience ne l'est pas; et le plus pauvre, lorsqu'il est content de son sort, est plus riche que le plus fortuné, qui ne l'est pas du sien.

Ne faut-il voir *que d'un* œil, lorsqu'on en a deux?

Je crois que non; et c'est cependant ce que nous faisons *tous*, en ne voyant que les abus, les torts et les ridicules, d'autrui; en ne trouvant tout bon, tout bien, tout beau, tout charmant et presque tout parfait, presque tout admirable même, qu'en nous seuls et pour nous seuls; et en n'attribuant telles ou telles choses, qui eurent lieu, qu'à tels ou à tels personnages, ou qu'à telle ou à telle caste ou classe d'hommes.

Nous avons l'œil droit, presque et que trop souvent tout-à-fait, fermé sur notre compte, tandis que nous tenons l'œil gauche constamment très-ouvert sur le compte des autres.

Ne serait-ce point, *de là*, que proviendraient nos *excès* en approbation, en éloges et en indulgence, à notre égard comme à l'égard de ceux qui pensent comme nous; et nos *excès* en censure, en blâme et en rigueur, contre ceux qui ne sont pas de notre système, de notre opinion ou de notre caste?

Les extrêmes se touchent : nous y avons *tous* donné : et, de toutes les chutes, tomber dans l'extrême fut toujours la plus fréquente, en ce qu'elle se fait sans le savoir, et la plus dangereuse, en ce que non-seulement on a bien de la peine à s'en *relever;* mais, sur-tout, en ce qu'elle *entraîne*, après elle, tant d'autres chutes, qui viennent grossir le nombre des partisans de chaque extrême, toujours mauvais en soi, par cela seul que c'en est un, et que tout extrême (le serait-il dans les meilleures choses) ne valut jamais rien.

J'ai peu vécu et j'ai beaucoup vu.

J'ai vu en silence et sans faire semblant que je voyais.

C'est le meilleur moyen de bien voir.

Ai-je bien ou mal vu : je n'en sais rien.

J'ai vu des esprits de tous les calibres, des ames de toutes les trempes, et des cœurs de toutes les espèces.

J'ai vu des grands génies dire et faire de bien petites choses, et des hommes simples en dire et en faire de très-grandes.

J'ai vu des philosophes, semblables à des fleuves, qui, enflés par la surabondance de leurs

eaux, rompaient leurs digues, donner orgueil-
leusement de faux préceptes, et inspirer des
sentimens pernicieux, au point de faire croire qu'ils nous ouvraient, à tous égards, l'empire de la raison, tandis qu'ils se plongeaient,
eux-mêmes, sous plus d'un rapport, dans l'a-
bîme de l'erreur.

J'ai vu de grands et de petits prêtres ou-
blier que l'humilité, la modestie, la piété, la
charité, la continence et la tempérance, étaient
les vertus essentielles, par la *pratique* desquel-
les ils devaient, *sur-tout*, commander le res-
pect et la vénération, l'estime et la confiance.

J'ai vu des monarques, quelquefois ou trop
bons ou trop faibles, ou trop confians ou
trop crédules : j'en ai vu, qui n'avaient pas
assez de lumières, ou qui étaient trop peu
fermes : mais je n'en ai connu aucun, parmi
eux, qui ait eu d'autres intentions que *pour*
le mieux.

J'ai vu des ministres, dont le choix aurait
pu être meilleur : j'en ai vu, dont les forces
ne répondaient pas à la bonne volonté : j'en
ai vu, aussi, qui se croyaient beaucoup de
moyens et qui possédaient de minces talens :
mais je n'en ai connu aucun que je puisse
accuser d'une injustice, ni même d'une faute
volontaire.

J'ai vu des princes, des seigneurs et des gentilshommes, à qui j'ai désiré plus d'instruction et moins de titres, plus de talens et moins de faste.

J'ai vu, dans toutes les parties et dans toutes les branches de l'administration publique, des hommes qui n'étaient pas à leur place, et qui l'ont prouvé *plus d'une fois*.

J'ai vu des orateurs, des écrivains et des publicistes, de *toutes* les façons, faire grand bruit, grande besogne, et fort peu de miracles : j'en ai vu d'autres se perdre dans leurs discours, dans leurs raisonnemens et dans leurs écrits : j'en ai vu même, qui, pour aplanir une difficulté, en faisaient naître dix, et d'autres qui, pour résoudre une question, en introduisaient vingt.

J'ai vu des érudits creuser si fort le puits de leur érudition, qu'ils ne pouvaient plus en sortir ; et j'ai vu des docteurs ne plus rien comprendre à leur propre doctrine.

J'ai vu des sages, qui ressemblaient à la lune dans son déclin, ou au soleil qui ne jetait que de faibles rayons ; et j'ai vu des savans s'embrouiller, à force d'avoir voulu en savoir trop.

J'ai vu des comédiens s'ériger en marchands de morale ; des crânes, en philosophes ; des

médecins, en précepteurs de science adminis-
trative ; des apothicaires, en financiers ; des
oisifs, en politiques ; des maîtres d'école, en
hommes de loi ; des droguistes, en hommes
d'état ; et des charlatans, en hommes d'église.

J'ai vu des imbécilles, faire les évangélis-
tes ; des hypocrites, faire les apôtres ; et des
finards, faire les prophètes.

J'ai vu des hommes qui se seraient mieux
conduits *sans* esprit *qu'avec ;* et j'en ai vu
dont la tête serait restée plus saine, s'ils ne
fussent *pas sortis* de leur sphère.

J'ai vu des personnes de toutes les classes, de
tous les états, de toutes les conditions et de tous
les rangs, parler et écrire jusque sur des choses dont elles ne connaissaient que la *surface.*

J'ai vu des jeunes gens se croire plus spirituels et plus aptes que les hommes les plus
instruits et les plus habiles ; et j'ai vu des
vieillards moins raisonnables, et plus évapo-
rés même, que des jeunes gens.

Et j'en ai vu assez pour ne pas penser que
le monde, où je vis, soit le meilleur des mon-
des possibles.

Nos deux principaux guides sont *l'égoïsme*
et la *présomption.*

Ils se présentent sous plus d'un travestis-
sement, et prennent toujours celui qui s'im-

prime le mieux sur notre côté le plus faible.

D'abord, ils flattent : puis ils séduisent : ensuite ils abusent : et enfin, ils égarent au point que, tandis que nous croyons juger et agir en sages, nous ne savons plus, ni ce que nous disons, ni ce que nous faisons.

Combien de gens n'a-t-on pas vus qui s'imaginèrent que, sur eux et leurs pareils, il n'y avait pas le plus petit mot à redire; combien qui prétendirent que les défauts et les vices, existans plus ou moins dans les différens modes et dans les diverses formes de gouverner les nations, et que les malheurs et les maux, qui en étaient résultés pour les peuples, n'avaient été occasionnés que par certaines personnes, ou par certaines castes ou classes de personnes; et combien de gens n'a-t-on pas vus aussi, qui assurèrent que, si on les écoutait, si on suivait leurs conseils, les choses iraient *le mieux du monde!!!*

Parmi ces conseils, il s'en trouva de bons, et même d'excellens : mais, curieux de connaître les *véritables* causes, qui portèrent ces hommes à avoir un si grand zèle pour les intérêts du peuple et le bien-être général, et à mettre tant d'activité et tant de chaleur à leur officieuse sollicitude, je fis, *de très-près*, l'examen de tous les motifs divers, qui auraient pu les avoir fait agir, et je vis, *presque par-tout*, des saints qui avaient prêché pour *leur propre* chapelle.

Pour découvrir les ressorts *cachés* et les rouages à *soupape*, il faut regarder avec les *deux* yeux *également* ouverts de l'un et de *l'autre* côté; parce que ce n'est qu'après avoir porté ses regards *par-tout*, avec un *égal* soin, et en ne s'étant pas plus aveuglé sur *son parti* que sur les autres, qu'on a pu s'y reconnaître.

Au reste, chacun voit les hommes et les choses à sa manière; et il est très-possible que la mienne ne soit pas la meilleure.

Ce n'est pas à moi qu'il appartient d'en juger.

Je suis loin et très-loin de vouloir faire le docteur; car mon unique désir est de *per-suader* aux petits comme aux grands, aux pauvres comme aux riches, aux laïcs comme aux ecclésiastiques, qu'*aucun* d'eux (pour ainsi dire) ne marche en *droite* ligne, et que le seul moyen de rendre l'état social tel qu'il devrait être, et tel qu'on le préconise, est de nous corriger et de nous réformer tous plus ou moins, parce que nous en avons *tous*, le plus grand besoin.

Ami sincère de tous les hommes, je voudrais les voir *tous* satisfaits, *tous* contens, *et tous* heureux : mais, c'est souhaiter l'impossible, parce que l'homme a *trop* de *désirs* pour ennemis de son repos et de son bonheur.

Je suis fondé à croire que le seul parti, dont je puisse être parmi tant de partis, et que le seul, pour lequel je puisse tenir, est le parti de la bonne foi, de la vérité et de la justice; et que, ne tenant pas plus pour la caste, où je suis né par hasard, que pour toute autre caste où le hasard eût pu me faire naître; que, ne donnant à ma patrie et à mes compatriotes, que la première place dans mon amour et dans mes vœux, parce que mon amour et mes vœux s'étendent sur toutes les patries et sur tous les hommes; et qu'observant ma religion (la *romaine*) avec un esprit de bienfaisance et de charité envers quiconque en professe une autre; j'ai du moins pu me donner des intentions impartiales et pures, si je n'ai pu me soustraire au vaste et puissant empire de l'erreur.

J'ai d'autant plus lieu de le croire, qu'ayant atteint un demi siècle sans avoir jamais été d'aucun parti; sans avoir jamais occupé aucune fonction publique; sans avoir jamais prêté aucun serment; sans avoir jamais servi aucune cour; j'ai, pour moi, ce que *tant d'autres n'ont pas* : d'avoir *prouvé*, par ma conduite politique, que je mettais, au dessus de tout, ma liberté et mon indépendance, et que l'homme, qui, sans relâche et avec ardeur, cultiva, dans la *retraite*, les sciences, les lettres et les arts, a pu se rendre utile à ses semblables, autant (*si pas plus*) que ceux qui firent tant parler d'eux, et dont (*à les en croire sur parole*) *pas un seul* ne travailla ni pour sa célébrité, ni pour sa fortune, ni même pour son ambition : mais tous, *uniquement*, pour le salut des peuples!!!

Que nous sommes devenus plus expérimentés, plus policés, plus spirituels et plus instruits, est très-vrai : que plusieurs changemens avantageux se sont opérés, dans nos idées, dans nos vues et dans nos principes, est encore très-vrai : et que d'utiles, de belles et de grandes découvertes ont été faites, est aussi très-vrai.

Mais, ô progrès des lumières! n'aurais-tu pas été *par fois trop* lumineux?

O esprit du siècle! n'aurais-tu pas, en *plus d'une* chose, acquis *trop* d'esprit?

Et toi, ô opinion publique! aurais-tu *toujours* et *en tout*, été la meilleure?

Depuis long-temps on s'est plaint et l'on a murmuré : depuis long-temps on organise et réorganise, constitue et reconstitue : depuis long-temps on discute, cherche et tâtonne;

depuis long-temps, on essaie, change, modifie, substitue et innove : depuis long-temps on refond, régénère, et révolutionne.

Mais, en somme *générale* et *comparative*, a-t-on amélioré, ou a-t-on détérioré, le *véritable* bonheur social ?

Mais, *sous ce rapport*, a-t-on avancé ou a-t-on reculé, par des opérations, parmi lesquelles il y en eut *tant* de haineuses et tant de vindicatives ; *tant* d'aveugles et *tant* de *sanglantes* ?

Mais, *tout* a-t-il été gain, sans aucune perte ?

Mais, les avantages qu'on aurait gagnés d'un côté, l'emportent-ils sur ceux qu'on aurait perdus de l'autre côté ?

Mais, la balance serait-elle, si pas tout-à-fait, du moins à-peu-près, restée égale ?

Mais enfin, pour avoir trouvé plus de lumières, plus d'esprit, et plus de gloire, *jouirait-on* de plus de bons sens et de plus de raison ? *jouirait-on* de plus d'aisance et de plus de calme ? *jouirait-on*, sur-tout, de plus de tranquillité et de plus de repos que nos pères *gothiques* ?

C'est là le grand point : mais, tant d'écueils le hérissent, et tant d'abîmes l'environnent ; mais, tant de grands hommes ont parlé et ont écrit à cet égard (sans m'avoir convaincu, et sans avoir

convaincu ceux qui ne sont ni exaltés, ni enthousiastes, dans leur systême respectif) que je laisse à d'autres à pénétrer dans ce dédale des *pour* et des *contre à l'infini*, parce que je n'entre que dans les choses dont je crois pouvoir sortir.

Par conséquent, décidera qui voudra si le progrès des lumières et l'esprit du siècle, ont ou n'ont pas rendu plus ou moins *véritable* le bonheur social.

Quant à une opinion *quelconque*, toute publique qu'elle puisse avoir été, il faut savoir si elle fut *toujours* la plus juste et la plus sage, la plus raisonnable et la plus salutaire; car prétendre qu'une opinion aurait été la meilleure *par cela seul* qu'elle fut celle de la multitude, est un *fort mauvais* raisonnement.

Si, dans une assemblée, dans un conseil, dans un tribunal, dans un comité, ou dans toute autre réunion, l'on avait pu *péser* les voix, au lieu d'avoir dû les *compter*, *combien* de bévues, *combien* de sottises, et *combien* d'actes injustes et iniques, n'auraient pas été commis !

Il est donc absurde de soutenir que l'opinion du *plus grand* nombre est *toujours* la meilleure.

L'opinion, pour pouvoir être nommée *pu-*

blique, doit embrasser l'intérêt *public*, parce que l'une ne doit jamais régner *sans l'autre*.

L'intérêt public consiste dans le bien-être de *tous*, lorsqu'il peut se réaliser, et dans celui de la *très-grande* majorité, quand il est absolument impossible d'étendre ce bien-être sur tous : mais, dans l'un comme dans l'autre cas, la justice *distributive* doit présider *à tout* ce qui se fait ; car l'on ne peut écouter l'intérêt de huit personnes, sur douze, si, pour suivre leur intérêt, il faut commettre une injustice envers quatre.

On nomma souvent *publique*, une opinion qui ne fut rien moins que *générale* ; et c'est ainsi qu'on a si souvent fait une opinion publique de celle de la majorité, de celle de la moitié, et de celle même d'une partie, du public ; oui ! jusque de l'opinion de la *seule* caste ou classe qui avait été *intéressée* à faire adopter son opinion au public, qui opinait, presque toujours, *sans savoir pourquoi* : car ce n'est certes pas, dans la *masse* du peuple, que résident l'instruction et les lumières, puisque cette masse s'occupe *de toutes autres choses* que d'affaires administratives, statistiques, et politiques.

Très-certainement que, chez tous les peuples, les consommateurs et les acheteurs forment la très-grande majorité : et néanmoins, lorsque l'une ou l'autre des classes, livrancières et fournissantes, trouve quelqu'avantage particulier à certaines choses, elle s'embarrasse fort peu de l'intérêt général des consommateurs et des acheteurs ; elle ne songe qu'à elle-même ; et se soucie fort peu de l'opinion publique ; quoique tous les livranciers et tous les fournisseurs, ensemble, ne représentent, partout, que le dixième de la population *au plus*.

C'est ainsi que, suivant les personnes, suivant les cas, et suivant les circonstances, on étend et on restreint, l'on compose et l'on décompose, l'on habille et déshabille, l'on se conforme, ou l'on ne se conforme pas, à l'opinion *publique*, et à l'intérêt *public*; tantôt en les appliquant à tout le corps social, tantôt à sa majeure partie, tantôt à ses castes ou classes, et tantôt même à quelques-uns de ses membres; et cela toujours comme si l'on parlait et agissait *pour le peuple !!!*

Il faut au moins conserver les apparences, et avoir quelque pudeur : mais, c'est briser les vitres que de dire *en tout* aux peuples, qu'on agit *pour eux*, tandis qu'on travaille, la plupart du temps, *pour soi seul*.

C'est une ruse grossière (mais qui ne réussit que trop) que de leur faire accroire qu'un homme du tiers-état ne peut s'occuper, uniquement, que de leur bien-être ; comme si un homme du tiers-état n'était point un homme *comme un autre ?*

Il y a toujours eu, dans le sein même des peuples, des ennemis du peuple ; et ce furent ses ennemis les plus dangereux, parce qu'il les crut ses meilleurs amis.

C'est donc une fourberie *machiavélique* que de dire aux nations : qu'il suffit qu'on soit noble, ou prêtre, pour être un ennemi du peuple.

Si l'on veut être juste, il faut se mettre *à la place* de celui, ou de ceux, qu'on va juger.

La noblesse et le clergé ne sont-ils pas encore assez punis, pour les anciennes fautes de leurs castes ?

Et, si vous étiez, ou noble, ou prêtre, *seriez-vous* aussi raisonnable que vous voulez qu'ils le soient *tous ?*

Je ne dirai pas non : mais, j'aurai *beaucoup de peine* à dire oui :

Pour peu qu'il s'agisse de la noblesse, et sur-tout du clergé, on crie à tue-tête ; mais, lorsqu'il s'agit d'effleurer, *seulement*, le moindre petit droit ou bénéfice, à l'une ou à l'autre des classes *prépondérantes* du tiers-état, (classes qui ne constituent pas le *peuple*),on ne parle qu'à voix *basse* et *passagèrement.*

Il suffit qu'une affaire regarde une caste , une classe, ou même quelques membres du tiers-état, pour qu'il semble que la chose pu- blique, *toute entière*, y soit intéressée, et que ce soit la cause de *toute* la nation !

Cependant, les nobles et les prêtres *font aussi* partie du peuple , puisqu'ils appartien- nent à la nation ; vu que l'*essence* de tout état, quelconque, ne consiste qu'en deux classes d'hommes ; savoir : les *gouvernans* et les *gou- vernés.*

Il est absurde, ridicule, dérisoire même, soit pour le tiers-état seul, soit pour la noblesse seule, soit pour le clergé seul (lorsque des intérêts sont *uniquement les leurs*), de mettre en jeu le bien-être de *toute* la nation , et de dire qu'ils soutiennent, ou revendiquent, les intérêts du *peuple;* comme si le peuple pouvait consister dans *une seule* de ces trois castes; tan- dis qu'il ne peut , *véritablement* résider que dans leur réunion *collectivement* prise ; c'est- à-dire : dans *toutes* les castes et classes *réunies* du tiers-état, de la noblesse et du clergé, dont tous les membres sont *également citoyens.*

Sans remonter *bien haut,* et sans aller cher- cher *bien loin,* il ne se passa *que trop* d'évé-.

nemens dont nous fûmes, si pas toujours les témoins, toutefois les contemporains ; puis qu'ils eurent lieu sur un théâtre, que nous vîmes, et dont les spectateurs furent plus sages et plus heureux que les acteurs.

Les uns se félicitent de n'avoir pris aucune part à ces événemens ; et les autres se glorifient d'y avoir contribué.

Pour moi, qui ai toujours pris soin de me tenir *éloigné* du théâtre, je vais me borner à de simples remarques.

J'ai remarqué d'abord : que nous ne considérions, presque toujours, les hommes et les choses, qu'avec des lunettes à longue vue ; tandis qu'avec les meilleures lunettes d'approche, ou ne voit très-souvent pas encore, ni les uns, ni les autres, *tels qu'ils sont.*

J'ai remarqué ensuite : qu'on s'était épuisé à vouloir changer les choses, *faites* par les hommes, tandis qu'on aurait dû, avant tout, changer les hommes, *qui firent* ces choses.

J'ai remarqué de plus : qu'après toutes les plaintes, toutes les doléances, toutes les clameurs et tous les murmures ; après toutes les représentations, remontrances, suppliques, placets, requêtes, pétitions et adresses ; après tous les mémoires, tous les projets, tous les plans, toutes les lois, toutes les chartes et toutes les constitutions ; l'accord, dans aucun temps et chez aucun peuple, ne fut, *en aucun cas*, *unanime*, et encore moins de longue durée ; et qu'en définitif, ce ne furent jamais, ni les plus raisonnables, ni les plus modérés ; mais toujours les plus adroits, et sur-tout les plus forts, qui finirent par l'emporter.

Je suis donc fondé à croire que, quels que fussent les moyens et les mesures de sagesse et de prudence, de persuasion et de douceur, dont, après tant d'exemples et après tant d'essais, on puisse encore faire usage, l'on ne saurait guérir les maladies (si *invéterées* et si *compliquées*, d'ailleurs) qui affligent le corps social, à moins qu'avant de procéder à sa cure, on n'ait trouvé le secret de faire disparaître, peu-à-peu, la si forte et si véhémente discordance qui, *plus que jamais*, existe entre les intérêts et les opinions, entre les vues, les désirs et les espérances , d'une partie des hommes, et les intérêts et les opinions , les vues, les désirs et les espérances, de l'autre partie ; car c'est elle, c'est cette si fatale discordance, qui toujours fut le fléau de tous les états, telles que furent leur organisation, leur constitution et leur régime, politiques.

Des hommes, prévenus ou peu clairvoyans, chargèrent les souverains, les princes, les mi-

3.

nistres, les administrateurs, les nobles et les prêtres (*seuls ou peu s'en faut*) de tout ce qui, depuis l'origine des états, est arrivé aux peuples divers.

Je ne chargerai personne, mais je *questionnerai simplement* ceux, qui ne sont ni souverains, ni princes, ni ministres, ni administrateurs, ni nobles, ni prêtres ; et c'est à la conscience de chaque individu, auquel mes questions auront respectivement rapport, que j'abandonne de les résoudre *devant eux-mêmes*.

Le tiers-état (considéré dans la *généralité* des classes qui en composent la caste) fut, et sera toujours, à mes yeux, la partie de toute nation, qui est la plus digne de notre amitié et de notre estime, et qui mérite le plus la bienveillance et l'amour des monarques, les égards des hommes qui leur servent de conseil, et la sollicitude de ceux qui administrent en leur nom.

Mais, suffit-il qu'on soit un homme du tiers-état, pour être *sans défauts*, pour ne commettre *aucunes fautes ;* et pour être affranchi *de tout vice ?*

Avoir ouvert les fastes de l'histoire sur la conduite que tinrent les souverains, les princes, les ministres, les administrateurs, les nobles et les prêtres, afin de leur présenter des exemples à fuir, et des modèles à suivre, fut une très-bonne chose.

Mais, avoir tenu ces mêmes fastes en quelque sorte fermés sur ce que, *de leur côté*, tant de personnes du tiers-état avaient fait de blâmable et de répréhensible, dans les *mêmes pays*, et souvent aux *mêmes époques*, fut, non seulement induire les peuples à croire qu'il n'y eut jamais d'injustices et de crimes de commis que par *les seuls* hommes qui étaient rois, princes, ministres, administrateurs, nobles ou prêtres; mais, c'est même avoir rendu, aux peuples, un *très-mauvais* service; puisque ne pas leur avoir *aussi* représenté les injustices et les crimes des hommes, qui étaient du tiers-état, fut induire les peuples à regarder le tiers-état comme *infaillible* et *impeccable*.

Lorsque, dans les annales d'un pays, on cite des actions iniques et inhumaines, révoltantes et atroces, il faut citer celles de *tout le monde*; car, si le royalisme et l'aristocratie eurent leurs tyrans et leurs despotes, le républicanisme et le démocratisme eurent aussi leurs atrocités et leurs fureurs.

Si des nobles ou des prêtres nous disaient: que les malheurs et les maux des peuples ne furent, de tout temps, occasionnés que par le tiers-état seul, on devrait sans doute regarder ces nobles et ces prêtres, comme des hommes peu justes, ou comme des fous.

Or, lorsqu'on voit des orateurs et des écrivains se déchaîner, du matin au soir, et *exclusivement*, contre les rois, contre les princes, contre les ministres, contre les administrateurs, contre les nobles ou contre les prêtres, *de tous les siècles* ; lorsqu'on voit ces orateurs et ces écrivains, non contens de rejeter sur eux *seuls* tous les malheurs et tous les maux passés ; mais même prophétiser *(par anticipation)* que tous les malheurs et tous les maux futurs ne seront que le *seul* ouvrage des hommes de la *même espèce* que ceux contre qui ils fulminent et s'acharnent, ne doit-on pas se dire : que des gens, qui poussèrent la besogne jusqu'à aller fouiller dans les plus anciennes chroniques, pour y exhumer d'un heureux oubli les *seuls* écarts, les *seuls* travers, les *seuls* torts et les *seuls* vices, injustices et crimes, de ceux qui furent monarques, princes, ministres, administrateurs, nobles ou prêtres, ont fait voir qu'ils parlèrent et qu'ils écrivirent, plutôt pour inspirer aux peuples de l'aversion et de la haine contre ceux qui le sont aujourd'hui, que dans la vue de l'intérêt *public*, qui est un *vernis* très-commode pour les hommes qui *n'osent plus dire claire-*

ment qu'ils détestent tout clergé , et toute noblesse, *quelconques*.

Il faut exhorter au bien : il faut tonner contre le mal ; mais que ce soit contre tout le monde *sans exception* aucune, parce que *tout le monde* a fait du mal et du bien, et peut en faire.

L'homme , droit et juste , n'a qu'un langage *pour tous* les hommes; et, s'il le tient aux grands de la terre , pourquoi ne le tiendrait-il pas anssi aux petits, lorsqu'il y a tant de vérités à dire à *tous deux* ?

Des désordres et des calamités furent , de tout temps, inséparables de l'espèce humaine, et *jamais* on ne vit de gouvernement sans avoir eu plus ou moins d'imperfections et de vices , sans avoir commis plus ou moins de fautes, plus ou moins d'injustices.

Vouloir les imputer aux gouvernés seuls, en les taxant d'indiscipline , d'insubordination, de turbulence et d'immoralité, serait *peu juste:* mais, les attribuer aux seuls gouvernans, par suite de tyrannie, de despotisme , ou d'incapacité, n'est *pas moins injuste.*

Les malheurs et les maux sont provenus de *plus d'une* source *de part et d'autre*, avec cette seule différence du plus ou du moins , tantôt du côté des gouvernés, et tantôt du côté des gouvernans: de sorte que nous devons *employer* les remèdes, et *rejeter* les reproches.

Ce sont les calmans, et non les irritatifs, qui ramènent et qui réconcilient les hommes; mais, il ne faut ni aveugler notre esprit, ni égarer notre raison; car «*perit omne judicium, quum res transit in affectum.*»

Ainsi, pour ne pas s'être trompé sur les choses, il faudrait, avant tout, ne s'être point trompé sur les hommes; et c'est ce qu'on fait tous les jours, en commençant par se tromper sur *soi-même*.

L'homme, tel qu'il fut, était homme, et resta homme jusqu'à ce qu'il cessât d'être.

Cette simple considération devrait suffire pour nous convaincre que nous sommes de petits êtres et de grands raisonneurs; de frèles nacelles et de présomptueux pilotes.

Celui, qui n'est point bien pénétré de cette *première* de toutes les vérités physiques et morales, ne doit jamais se mêler de raisonner sur les hommes, et moins encore sur les choses.

Tout homme (en général) compte pour soi, avant de compter pour les autres.

Celui, qui peut avoir plus, ne se résout pas volontiers à jouir de moins.

Et celui, qui a perdu, ou qui sent qu'il devra perdre, à tel ou à tel ordre de choses, s'oppose, tant qu'il peut, à ce que cet ordre continue, ou se forme, et s'il reste ou s'il s'établit, malgré lui, il cherche alors, tant qu'il peut, à le faire cesser.

L'homme, à qui une seule de ces trois vérités paraîtrait douteuse, se trouve également *placé hors* de la ligne sur laquelle il faut être pour pouvoir juger des causes et des effets, des moyens et des mesures, qui perdent, et de ceux qui sauvent le corps social et le corps politique.

Le précepte, *que l'homme doit parler et agir pour l'intérêt de tous*, est toujours au bout des lèvres, tandis que le sentiment de *chacun pour soi* reste toujours au fond du cœur.

Voilà les hommes! et tous veulent qu'on les regarde comme *uniquement* animés, *uniquement* poussés, *uniquement* occupés, du bien-être des autres!!!

Cette manie (qui depuis long-temps ne *devrait plus* faire fortune) tient presque autant à l'espèce humaine que l'écorce à l'arbre : elle existait avant qu'il n'y eut ni rois, ni princes, ni ministres, ni administrateurs, ni nobles, ni prêtres; et reste encore à savoir *comment* on s'arrangeait, et *ce* qui se passait, dans nos sociétés primitives et pastorales, où aucun ordre, aucune règle, aucune autorité pour ainsi dire, ne pouvaient réfréner les passions et contenir les faiblesses, d'hommes, qui ne pou-vaient guères suivre que l'instinct de la nature.

Tout ce qu'il y a de certain et de très-certain c'est que, plus les corps sociaux augmentè-rent en *nombre*; plus ils diminuèrent en *con-corde*; que ces corps, et les membres de ces corps, furent toujours plus ou moins, tant à l'extérieur qu'à l'intérieur, en lutte, soit ou-verte, soit tacite, et que la diversité d'intérêts et d'opinions, de vues et d'espérances, entre ces corps et entre ces membres, fut constam-ment, l'unique régulatrice de leurs principes, l'unique directrice de leurs sentimens, l'unique conductrice de leurs projets, et l'unique mo-trice de leurs actions.

Ce n'est que, lorsqu'il y aura moins d'*égoïsme*, qu'il y aura plus d'harmonie et plus de bonne intelligence; mais, les choses ne sauraient al-ler bien, aussi long-temps que les hommes *iront mal*.

Lorsqu'on a *sincèrement* et *franchement* à cœur le bien-être et l'avantage, l'intérêt et le salut, *publics*, on censure les vices, mais dans *toutes* les castes et classes de la société : on loue les vertus; mais aussi dans *toutes* ces castes et ces classes; parce qu'en *toutes*, il y a des vices et des vertus.

Trouver tout bien, tout bon, tout raison-

nable, tout beau, tout excellent, tout sage et
tout juste, dans les potentats, parce qu'on serait monarque; dans la noblesse, parce qu'on
serait noble, et dans le clergé, parce qu'on
serait prêtre (ou du moins l'insinuer ainsi),
n'est ni franc, ni loyal, ni véridique, ni salutaire ; car, dans un cadastre, il faut que tout
entre, et, dans un partage, il faut que tout soit
compté, *pour qu'on puisse y voir bien clair.*

Par la *même* raison, trouver tout équitable,
tout admirable et tout à merveille, dans le
tiers-état, parce qu'on serait du tiers-état, n'est
ni moins absurde, ni moins ridicule.

J'ai dit plus haut : qu'il fallait voir *sans par-
tialité*, le bien et le mal dans *toutes* les castes
et classes dont le corps social se compose, et
qu'il fallait le dire *de même.*

Mais, comme il me semble qu'assez d'orateurs, et qu'assez d'écrivains, modernes, se sont
si copieusement exercés sur le compte des
prêtres, des nobles, des administrateurs, des
ministres. des princes, et même des rois, de
tous les siècles, qu'il serait impossible de
renchérir sur leurs discours et sur leurs écrits,
je juge qu'ils m'ont dispensé, *par-là*, de traiter
cette matière, où ils ne m'ont laissé d'autre tâche
que celle de confondre leurs opinions, ou *ou-
trées*, ou *injustes,* s'il entrait dans mon caractère

de réfuter celles des autres, et si les rois, les princes, ou les ministres, pouvaient avoir besoin de moi pour les défendre.

Je ne puis néanmoins m'abstenir d'observer : que, s'il y eut jamais de la maladresse, c'est celle, qu'eurent tant d'hommes, de s'être *démasqués* eux-mêmes, en poussant *beaucoup trop loin* leurs censures, leurs craintes, et leurs sollicitudes patriotiques.

Aimons les peuples, et aimons-les fortement: mais ne les égarons jamais par nos témoignages et par nos assurances d'amour *public*, lorsque nous n'aimons, si souvent, le peuple, notre patrie, et nos souverains, que *pour nous-mêmes*.

Je n'ai pas grande confiance dans ces personnes qui font parade de n'aimer leur roi que pour leur roi; leur patrie que pour leur patrie; et le peuple que pour le peuple.

J'aime les peuples aussi, moi; et je les aime *sur tout* : mais la nature, la raison, la justice, et l'intérêt même des peuples me commandent d'aimer, également, ceux qui sont prêtres, nobles, administrateurs, ministres, princes, ou rois, parce que ce sont des hommes comme nous, et que dans la nature, dans la raison et dans la justice, *tous* les hommes sont frères et doivent s'entr'aimer.

Je voudrais que le tiers-état m'eût offert,

en lui *seul*, l'école *exclusive* de toutes les grandes qualités, et que ses *seuls* membres m'eussent présenté des leçons de sagesse et de justice sans *mélange* d'aucun vice, d'aucune faute,
d'aucun tort, ni même d'aucune erreur; mais
(à dire le vrai), cela n'est pas, parce que cela
ne *pouvait être.*

Je crois les meilleures intentions aux petits comme aux grands hommes libéraux, qui
depuis si long-temps travaillent, à *toutes forces*,
pour la liberté des peuples, et *sur-tout* pour celle
de la presse.

J'attends, d'une juste réciprocité de leur part,
qu'ils voudront bien croire, *à leur tour*, que
mes intentions sont aussi bonnes que les leurs;
car je me flatte d'être aussi un homme libéral.

Usant, *pour un instant*, du même droit, dont
ils ont fait un si *long* et si *ample* usage, j'ai
déjà-commencé, et je finirai, par dire ce que
je pense.

Il n'y eut point de jour qui, avec la lumière,
ne produisît quelques détails apologétiques,
soit sur les prêtres; soit sur les nobles, *et cetera, et cetera.*

Quoique le cheval se regimbe contre l'épe-
ron, et que jusqu'au ver de terre se redresse lorsqu'on marche sur lui; néanmoins ceux, d'entre les prêtres et les nobles, qui n'étaient ni

fautifs, ni coupables, ont laissé accabler le clergé et la noblesse, *en général*, de reproches et de mépris.

Le silence des prêtres ne m'étonna point, puisque leur royaume n'est pas de ce monde.

Mais qu'aucun de nos nobles (que je sache) n'ait, en ce pays, au moins observé, *très-poliment*, aux apologistes de leur caste *entière*, qu'ils n'auraient pas dû *généraliser* leurs griefs contre *tous* ceux que le hasard avait fait naître nobles, c'est ce qui m'étonna beaucoup; car il ne faut pas se montrer *par trop* débonnaire, lorsqu'on se voit *par trop* maltraité; et sur-tout lorsqu'on sent qu'avec certains personnages, cela n'en *finit point.*

Alléguer qu'on s'est tû parce qu'on avait la conscience nette, ne suffit pas pour avoir gardé un si long et si patient silence envers des hommes dont la plume, taillée par une main ennemie, et trempée dans de l'encre atrabilaire, était incapable même de trève et de relâche, et dont le génie, toujours en fermentation, prenait le silence ou pour un aveu, ou pour une preuve d'incapacité ou de crainte.

La plupart de ces hommes, d'ailleurs, avaient parlé et écrit d'une *manière* et dans des *termes* qui annoncèrent plutôt, en eux, le dessein de

faire mépriser et détester les nobles et les prêtres, que celui de servir la cause des *peuples*, et
encore moins que celui de corriger ceux qui,
d'entre les nobles et les prêtres, ne s'étaient
pas conduits comme ils eussent dû se conduire.

S'être récrié fortement sur tout ce qui fut
nuisible et préjudiciable à la chose *publique*
ne peut qu'être approuvé et loué : mais, avoir
rendu ses inculpations *passionnées* et *acrimo-
nieuses* leur a ôté plus de la moitié de leur
mérite civique, et leur a fait perdre plus de
la moitié de leur force persuasive.

Quant aux monarques et ministres, (passés,
présens, et à venir) que n'a-t-on pas écrit et
récrit à leur égard !

Mais, bien peu, pour ne pas dire aucun
écrivain, ont su ni les louer, ni les blâmer,
avec *mesure;* et jusqu'à ceux, qui crurent
n'être que justes, furent outrés sans le savoir.

Prétendre que des hommes, qui, partant de
causes, purent, presqu'à chaque pas, être
trompés, égarés et séduits, eussent marché
plus fermes, dans le chemin de leurs *nombreux*
devoirs, que nous qui, n'ayant que *nous seuls*
à gouverner et à conduire, avons *si souvent*
chancelé, et *tant de fois* succombé, dans les
nôtres; c'est exiger, des autres, ce qu'en plus

d'un cas, nous *ne fîmes point* nous-mêmes, dans les choses les plus simples et les plus faciles ; et c'est vouloir que des hommes, placés dans la catégorie *la plus épineuse*, eussent fait ce que nous ne fîmes pas dans la nôtre !

Je suis loin de défendre, je suis même loin de chercher à excuser, ce qui, par-tout et de tous temps, fut erroné, fautif, vicieux, injuste et cruel, car je suis le premier à m'élever contre tous les actes qui portèrent de semblables caractères.

Mais, je ne saurais me dispenser d'observer : que *l'exagération* fut, presque toujours, *prédominante*, dans *tous* les partis ; et que, si tant d'orateurs et tant d'écrivains ont eu le fatal talent d'indigner les peuples, (qui ne voient *que ce qu'on leur met* sous les yeux) aucun n'eut celui d'avoir persuadé, aux hommes sages, qu'ils avaient parlé et écrit sans *passions*.

Pourquoi reproduire *sans cesse* les plus anciens, plus fameux et plus tyranniques, despotes, lorsque, depuis plus de deux siècles, l'Europe n'a eu aucun méchant monarque, et, *sur-tout* encore, lorsque tous ceux, qui règnent aujourd'hui, ont manifesté un bon cœur, une belle ame et un esprit bien intentionné?

Pourquoi prêcher *continuellement* l'art de gouverner, lorsque ceux, qui gouvernent, savent, mieux que nous, que la *vraie* grandeur, la *vraie* gloire, et la *vraie* félicité, des souverains, ne consistent que dans la sagesse, dans la justice et dans la fermeté, de leur règne ?

Comme il y a une différence *totale* entre *dire* et *faire*, je voudrais voir les hommes, qui savent si bien raisonner, si bien conseiller, si bien semoncer et si bien censurer *(en simples particuliers)* devenir, un beau matin, rois, et ne serait-ce même que ministres, pour voir *comment* ils se conduiraient, et *comment* ils se tireraient d'affaire.

Je crois très-fort : qu'avec toutes leurs brillantes théories, ils feraient une bien sotte figure en *pratique*, et c'est, *alors*, qu'ils sentiraient, et que *les peuples verraient*, que la critique est aisée, mais que *l'art et difficile*.

Quoique je ne sois ni qualifié, ni appelé, à prendre fait et cause pour la conduite des prêtres et pour les droits du clergé, et moins encore à raisonner sur le christianisme, sur ses dogmes et sur son culte ; je juge qu'il est de mon devoir d'émettre, toutefois, une légère opinion à leur égard ; parce que me taire tout-à-fait, sur ce point, serait donner lieu à faire croire, sinon que je professe des sentimens que je n'ai pas, tout au moins que je suis fort indifférent sur ce qui les concerne.

4

Mais, comme il s'agit de parler, soit à des antagonistes, soit à des incrédules, je vais couper court, et me retrancher dans des argumens inexpugnables.

Il ne prendra, j'espère, envie à personne de soutenir que les prêtres sont des anges?

Or, puisqu'ils sont hommes comme nous, ils durent, nécessairement, aussi avoir été atteints des pestes *morales*, qui s'étendirent de plus en plus sur les nations.

Vouloir qu'ils eussent dû et pu s'en garantier, c'est vouloir qu'il n'eussent pas été de chair et d'os.

Ainsi donc, il n'y a point de quoi tant s'étonner si les mœurs du clergé subirent le même relâchement, *progressif*, qu'éprouvèrent les mœurs de la noblesse et celles du tiers état, qni sont également *loin* d'avoir conservé leur candeur, leur mansuétude et leur bonhomie, primitives.

La conduite des prêtres alla toujours en déclinant, *comme la nôtre* : mais, parmi eux, il est resté de fort respectables ecclésiastiques, comme il est resté, parmi les nobles, de très-dignes gentilshommes : et, si, parmi les bourgeois, les paysans, et le peuple des villes et des campagnes, le nombre des personnes de mérite et de celles qui sont vertueuses, est plus grand; il faut considérer que le tiers-état compte aussi *beaucoup plus* d'individus.

Quant aux pratiques religieuses, le but de leur institution fut, *essentiellement*, pieux: et, si on se donnait la peine d'examiner les pratiques civiles, usitées par tant de sociétés, par tant de confréries, par tant d'associations, par tant d'ordres, et dans tant de cavalcades, dans tant de réjouissances, et dans tant de fêtes publiques, elles fournissent *amplement* matière a y voir que la raison et la sagesse ne furent pas les créatrices d'une *infinité* de ces pratiques mondaines, qui néanmoins nous amusent, nous divertissent et nous enchantent, au point que nous en fûmes fous dans notre jeunesse, et que nous en rions encore dans notre âge mûr.

Quant aux dogmes de l'église romaine et des autres églises chrétiennes, leur esprit, à tous, ne commanderait-il que l'amour du prochain, le pardon des offenses et l'oubli des injures, des torts et des fautes, c'en serait déjà assez pour que ces dogmes soient les meilleurs que les hommes puissent enseigner et suivre.

Quant au christianisme, que plusieurs ont eu, et que plusieurs ont encore le fol orgueil de vouloir anatomiser et disséquer, il ne prescrit rien que de charitable; il n'inspire rien que de consolateur; il ne présente rien que de répressif contre nos passions; rien que d'auxiliaire contre nos faiblesses; rien que d'énergique contre nos malheurs; rien que de courageux dans nos souffrances; rien que d'adoucissant pour nos maux; rien, enfin, qui puisse mieux nous faire supporter les coups de l'adversité, et les revers de la fortune.

Les hommes, qui ne croient qu'à ce qu'ils *peuvent* comprendre, et qui s'imaginent que telle chose n'est pas, ou ne peut avoir été, par *la seule raison* que cette chose est *hors de la portée* de leur intelligence; et ceux qui, par des raisonnemens, purement matériels, physiques ou mathématiques, se figurent avoir démontré des effets et des causes qui dépassent toute conception humaine, (qui n'a pour guides que les seules règles des sciences exactes), ne savent ce qu'ils disent, et ressemblent à des gens qui voudraient voir au travers d'un mur.

Aussi, à force d'avoir voulu pénétrer l'impénétrable, n'ont-ils plus pu retrouver le raisonnable, et ont-ils fini par devenir *tout esprit*, *avant* même d'être morts.

Comme je regarde les impies, les athées et les déistes, pour de fiers entêtés, je me bornerai à leur dire : que *trop* de religion ne saurait faire mal (dès qu'on est *tolérant*), que *trop peu* pourrait nuire; et que *pas du tout* est jouer très-gros jeu, et courir plus gros risque encore.

Voyons un peu si, dans le tiers-état, tout s'est passé d'une manière si exemplaire et si avantageuse pour *les peuples*, et si propre à rendre *facile*, aux souverains, de gouverner les nations.

Les riches (quoique pas nobles et pas prêtres), sont-ils *tous* éclairés, bienfaisans, polis, honnêtes, modestes, affables et populaires?

Et, dans leur nombre (que les révolutions peut-être plus que le commerce, et plus sans doute que la frugalité et l'économie, rendirent fortunés), ne s'en trouverait-il pas *aussi*, qui ont peu d'esprit, peu d'instruction et peu de savoir, avec beaucoup de présomption, beaucoup de vanité, beaucoup de morgue et beaucoup de hauteur?

Les gens de grande et de petite robe ont-ils *tous* les lumières et le désintéressement qu'exige l'état qu'ils exercent, et qui place, entre leurs mains, les droits, et si souvent la fortune, le sort, la vie et l'honneur, des autres?

Les militaires sont-ils *tous* doux, tranquilles, modestes, paisibles et rangés?

Les capitalistes, les financiers et les banquiers, se contentent-ils *tous*, de faire valoir leur argent à un taux modéré?

Les négocians et les spéculateurs en commerce se contentent - ils *tous* d'un bénéfice légitime, et n'accaparent-ils jamais?

Les artistes, les fabricans, les manufacturiers et les marchands en gros et en détail, sont-ils *tous* sans se livrer à l'amalgame et à la fraude?

Enfin, les artistes, les artisans, les ouvriers, les journaliers, les manœuvres, les pauvres, les mendians et les domestiques, sont-ils *tous* laborieux, actifs, sobres, fidèles, probes et de bonne conduite?

Soyons vrais, et nous conviendrons que du petit au grand, comme du grand au petit, l'ambition, l'orgueil, la vanité, la gloire, le luxe, la parure, la bonne chère, la boisson, le jeu, le libertinage, la débauche et la fainéantise, se sont de plus en plus glissés, dans les mêmes proportions, dans *toutes* les classes de la société; qu'ils y ont mis le vide dans les bourses; et y ont fait naître, par-tout, avec l'impulsion des *plus mauvaises* habitudes, le *funeste* désir et le *fatal* besoin d'une plus grande aisance, si pas pour pouvoir augmenter, du moins pour pouvoir continuer, le même train de vie.

Ce n'est donc pas la manière *quelconque* dont on est gouverné, mais l'*existence* (notoire dans tous les genres et dans toutes les formes de gouvernemens) de ces divers *petits* goûts, dont la vogue s'accroît de jour en jour, qui est devenue plus que jamais, la cause *première* et *principale* de tous les malheurs, de tous les maux et de toutes les calamités, du corps social et du corps politique.

C'est contre ces *petits* goûts, qu'il faudrait *sur-tout parler* et *écrire*, car ce sont eux qui entraînèrent les hommes, de tous les états et de toutes les conditions, de toutes les qualités et de tous les rangs, dans la corruption, la dépravation, la perversité, le mépris, l'opprobre et l'ignominie, par les grandes routes qui conduisent à la ruine du corps et à celle de la fortune, et, de là, à la stupidité, à l'imbécillité et à la misère; aux petites maisons, à l'hôpital, à bicêtre ou aux galères, et que, trop souvent, soit à une mort prématurée, soit au suicide, ou à perdre la vie par un assassinat ou sur l'échafaud.

Demander des choses justes, avantageuses et utiles, pour les peuples et pour leur prospérité, ne saurait que faire honneur aux hommes qui les demandent; mais (je le répète), nous devons réformer, nous devons corriger, aussi nos mœurs, un peu trop relâchées, *pour n'en pas dire davantage.*

Si les mœurs doivent être libérales et douces, joyeuses et liantes, elles ne doivent pas moins être strictes et sévères *dès l'enfance;* car, sans cela, tout ce qu'on pourrait dire, écrire et faire, *n'aboutira à rien*, dans un siècle où chacun abuse de son pouvoir; où jusqu'à l'homme, *qui dépend de tout le monde*, prétend être *très-libre;* où jusqu'à celui, qui a le plus de torts, veut avoir droit et raison; où l'effervescence du cœur passe pour une extrême sensibilité d'ame; et où les plus grands écarts de l'esprit sont presque toujours considérés comme le fruit d'un génie transcendant et extraordinaire.

Pauvres humains que nous sommes! faut-il tant casser nos têtes, pour ne point savoir mieux où réside le *siège* de nos malheurs et de nos maux, et pour ne pas nous rendre plus heureux en *réalité!!!*

Comme mon unique but est d'engager les grands et les petits à *bien se pénétrer* que l'on ne peut parvenir à rendre l'ordre des choses meilleur, que par une réforme morale, par un changement d'idées, ainsi que par l'oubli et par l'union, et que, si *chacun*, de son côté et pour sa part, *ne s'y prête*, l'on n'établira jamais, parmi les hommes, cet *équilibre social*, sans lequel ils ne sauraient ni vivre heureux et contens, ni jouir d'une existence calme, pacifique et prospère; je vais terminer mon petit mot par un petit coup-d'œil, puisque l'occasion s'en présente.

L'on ne saurait jamais rien faire de bien, aussi long-temps que l'*égoïsme* et l'*animosité* présideront à nos conseils et à nos désirs, à nos espérances et à nos volontés; car prétendre qu'on ne veut être *qu'équitables* envers ceux dont on ne parle *qu'avec ressentiment*, est un peu *difficile à croire*.

L'on ne saurait trouver mauvais que d'autres soient d'une opinion tout-à-fait opposée à la nôtre, dès que le *seul* motif en serait la persuasion *intime*, que leur parti est *le meilleur* et *le plus juste*.

Mais, il me semble que regretter, jusqu'à l'*immodération*, un régime quelconque (qui serait passé) et se livrer à des *excès* de plaintes et de reproches contre celui que la *force des circonstances* y aurait fait succéder, est sortir des *bornes* de la raison, de la sagesse et de la prudence, et faire *plus de mal que de bien* aux *véritables* intérêts du corps social.

Ne vouloir voir, ou ne voir en effet, que ce qui nous intéresse, ce qui nous convient, ce que nous aimons et ce que nous souhaitons, c'est vouloir *maîtriser* le cours des événemens, et vouloir *faire la loi* au destin.

Que ceux (par exemple) qui, sous *Bonaparte* trouvèrent leur existence agréable et avantageuse; que ceux qui, avec *Bonaparte*, firent leur sort et celui de leur famille; et que ceux, sur-tout, qui tinrent, de *Bonaparte*, leur rang et leur fortune, aient conservé de l'inclination, de l'affection, et même de la reconnaissance, envers sa personne; cela est tout simple : mais, lorsqu'un fleuve a changé son lit et qu'il a détourné son cours, *n'est-ce pas folie* que de vouloir empêcher les effets de ce changement?

Je pourrais ici, parler d'un homme dont a parlé tout le monde : mais, il est captif, et je dois me taire, parce que le malheur impose le silence.

Tout ce que je me permettrai à son sujet, sera un mot, et le voici :

Comme homme, je le plains et lui souhaite plus de satisfaction.

Comme ami de la paix, de la tranquillité et du repos, j'aime mieux vivre *loin que près* d'un si grand amateur de conquêtes et de gloire guerrières.

Et, comme disciple de la philosophie, je ne suis pas du tout étonné de ce que *Bonaparte* ayant abusé, *outre mesure*, des faveurs de la fortune, l'ait lassée, et qu'à la fin elle lui ait, après une constance *aussi longue*, entièrement tourné le dos.

J'ajouterai : que, s'il avait su profiter de son étrange et inconcevable bonheur, l'empire français existerait encore ; que l'Europe n'aurait rien entrepris contre la France ; que lui, *Bonaparte*, régnerait aujourd'hui à Saint-Cloud, au lieu de se morfondre à Sainte-Hélène ; et que c'est, à lui *seul*, que *Louis* XVIII est redevable de se voir sur le trône de ses pères ; car, si *Bonaparte* s'était contenté de faire ses guerres d'Espagne et de Moscou en *rêves*, les souverains l'eussent laissé fort tranquille chez lui ; mais, esclave de ses volontés gigantesques, il fait l'expérience que *omne violentum non durat.*

De tout ce qu'a fait *Bonaparte*, le plus étonnant, comme le plus *remarquable*, à mes yeux, fut la métamorphose, *si facile*, qu'il fit, des Français, que, de républicains, il rendit plus que royalistes, en les faisant impérialistes ; de citoyens, messieurs ; de citadins et de villageois, nobles ; de simples et modestes dans leur costume, galonnés, brodés, chamarrés et décorés ; et *tellement libres*, qu'ils l'étaient de *suivre* tous ses *ordres* ; et *sur-tout*, de ne pas *murmurer.*

Sous lui, nous autres, libéraux, *ne disions mot*, et osions *à peine souffler* : mais, dès que nous vîmes que sa *puissance* menaçait ruine, *alors* on commença à parler et à écrire.

Ce petit miroir (*aussi parlant*) prouve bien ce que sont les hommes !!!

Pour ne rien omettre, faisons ici un petit aperçu des effets volcaniques, que produisirent les moyens *déchirans*, par lesquels on révolutionna, et les hommes *ineptes*, qui commencèrent à révolutionner.

Qu'en est-il *résulté*, pour les *peuples*, de tous ces chocs de passions, de toutes ces secousses d'intérêts, de toutes ces subversions d'idées, de tous ces bouleversemens de mœurs et d'habitudes, de tous ces changemens de principes et d'usages ?

Qu'en est-il *résulté*, pour les *peuples*, de toutes ces convulsions, de toutes ces violences, de toutes ces incarcérations, de tous ces supplices et tous ces massacres ?

Que leur en est-il *revenu*, aux *peuples*, de toutes ces contributions, de toutes ces réquisitions, de tous ces emprunts, et de toutes ces ventes de propriétés nationales ?

J'observe : que j'entends, par *peuples*, non les gens aisés ; mais *ceux qui n'étaient rien moins que dans l'aisance*, et qui font, *par-tout*, la *très-grande* majorité.

Combien d'hommes, parmi ces *peuples* (qu'on a tant fait *agir* et tant fait *trotter*), s'en sont-ils trouvés *mieux* et *plus à leur aise* qu'auparavant ?

Les infortunés ont-ils vu *changer* leur sort ? Et les pauvres ont-ils *profité* des dépouilles de la noblesse et du clergé, dans lesquelles ils s'attendaient qu'on leur aurait, si pas donné, au moins gardé, une petite part ?

La situation *présente* de ces mêmes infortunés, et de ces mêmes pauvres, ainsi que celle de leurs enfans, *attestent* trois grandes et très-grandes vérités, qui devraient, une fois pour toujours, *éclairer* les nations.

La première de ces vérités est : que jamais un peuple ne se laisse *maîtriser* davantage, que lorsque des hommes, audacieux ou adroits, lui persuadent qu'il doit se conduire en *maître*, et se gouverner *par lui-même et comme bon lui semble* : et c'est ce qu'ils ne font que pour que ce peuple les *nomme* aux *premières* places.

La seconde : que, presque par-tout et dans tous les temps, les faiseurs de révolutions ne les firent que *pour eux*, pour *leurs* familles, et parfois pour quelques-uns de *leurs amis*.

Et la troisième : que ces *mêmes* hommes, qui disaient aux peuples : vous êtes des victimes ! *En firent* des dupes.

Il y a eu des tyrans et des despotes de toutes les nuances; et certes que ceux, qu'on
a vus dans les républiques, n'étaient pas de
l'espèce la plus *tendre*, ni la moins *expédi-
tive*.

N'importe par où, en quoi, pourquoi, comment et par qui, il y aurait eu despotisme et
tyrannie : le nom ne fait rien à la chose ; l'exer-
cice d'un pouvoir despotique et tyrannique
(n'importe par qui il aurait lieu) révolte, en
tout et par-tout, l'humanité et la nature; et
ceux, qui aiment *vraiment* les *peuples*, ab-
horrent jusqu'aux noms odieux de despotisme et de tyrannie, soit impériales, soit roya-
les, soit aristocratiques, soit démocratiques.

Quant à *la masse*, chez tous les peuples,
que devrait et que pourrait-on penser et dire
d'hommes qui, après avoir crié : vive la république, crieraient : vive l'empire; et qui,
après ce second *vivat*, *reviendraient* à crier:
vive la royauté?

Je penserai et je dirai: que cette *masse* (qui
n'y entendait pas finesse) crierait à tout changement de scène politique, et qu'on lui ferait
crier : vive l'empereur de la Chine.

Il y avait, sans doute, bien des réformes à
opérer, bien des abus à détruire, et bien des
choses à faire disparaître, dans la noblesse et
dans le clergé.

Mais, ne sé présentait-il, dans le tiers-état, que du *si parfait* ? Et ne pouvait-il remédier à ses maux que par des *excès* ?

On dit que les hommes, qui anéantirent pour régénérer ; qui bouleversèrent pour mettre en ordre ; qui culbutèrent pour restaurer ; qui dilapidèrent pour égaliser ; qui s'emparèrent de tout pour partager ; qui tuèrent pour aller plus vite en besogne ; et qui firent *leur* chose pour faire la chose publique ; n'étaient qu'une poignée d'individus.

Elle fut, donc, bien forte cette poignée, pour avoir fait tout ce qu'elle fit ? Car, si elle était faible, *pourquoi* l'a-t-on laissé faire ? Et, si le nombre des *forcenés et des furibonds* n'était que petit, *comment* concevoir qu'on les ait craint, sans convenir que chacun préféra son *propre* salut à celui de sa patrie, tout en vantant son *patriotisme* !

On dit plus : car on dit que ceux, qui composaient cette *poignée* étonnante, sont (fort heureusement pour nous) trépassés jusqu'au dernier homme ; et on va même jusqu'à assurer qu'elle n'a laissé aucun *héritier*, soit masculin, soit féminin, ni en ligne directe, ni en ligne *collatérale*.

C'est au moins nous laisser l'espérance qu'on n'en viendra plus à ces débordemens, à ces fureurs et à ces cruautés, auprès de la *somme* et de la *durée* desquels on ne trouve aucun règne, qui soit à comparer, dans les monarchies modernes.

Je ne veux point revenir sur les fautes passées des peuples, quoique l'on soit si souvent revenu sur les fautes passées des rois, des princes, des ministres, des administrateurs, des nobles et des prêtres, parce que tous les hommes se doivent un pardon réciproque.

C'est, par ce motif, que j'ai vu avec peine qu'on se soit tant acharné à reproduire *continuellement* les fautes de ces derniers, comme s'ils eussent été les *seuls* fautifs.

J'ignore à quelle caste, à quelle classe et à quelle nation, appartiennent ceux, qui se plaisent tant, aujourd'hui, à dépeindre *tous* les nobles et *tous* les prêtres, *en général*, comme des ennemis du peuple ; comme des hommes incapables ; et comme des êtres presque nuls.

Peu curieux de connaître les noms d'orateurs et d'écrivains sans *modération ;* je ne me suis même jamais informé qui ils étaient : mais j'ai fait des vœux pour qu'ils sentissent un jour : qu'avoir *généralisé* leurs accusations, n'était ni raisonnable, ni juste ; et que les avoir rendues *extrémes*, avait donné, à ces accusations, une teinte, *peu propre* à faire croire que *l'impartialité* les dicta.

Si l'on revenait de l'autre monde, je croirais que ces orateurs et ces écrivains, *si outrés*, furent les *esprits* de quelques *légats* des fondateurs de la liberté, de l'égalité ou la mort (hommes si instruits, si humains, et si désintéressés) qui, toujours furieux, *là haut*, d'avoir vu que *Bonaparte* avait maculé, *ici bas*, leur sublime ouvrage, par sa création d'une nouvelle noblesse, et par sa recréation d'un clergé ; et devenus plus furieux encore, depuis qu'ils virent que les anciens nobles et les anciens prêtres avaient repris un peu d'embonpoint sur le sol sacré de leur défunte république, ont recommencé à jeter feu et flamme, sans considérer qu'ainsi qu'il y a de bonnes gens par-tout, de même il se trouve, aussi partout, quantité de nobles et de prêtres qui ont du mérite, et plusieurs, d'entre eux, qui en ont beaucoup.

Vouloir le nier serait prétendre que le mérite, en tout genre, ne se *rencontre* que dans le tiers-état *seul*, et c'est un soutènement que j'ai, plus d'une fois, entendu en *silence*.

Je ne puis croire que ceux, qui se déchaînèrent si fort contre la noblesse et contre le clergé, soient des nobles ou des prêtres *mécontens*; car *par trop*, en tout, gâte jusqu'au bon droit; et raison, qui crie, finit par avoir tort.

5

Les hommes, que je soupçonnerais les moins
capables d'avoir méprisé *collectivement* la noblesse, et de l'avoir tournée *collectivement* en
ridicule, seraient ceux qui, sous *Bonaparte*,
se montrèrent si flattés d'avoir reçu, de lui,
des titres et des marques nobiliaires quelconques.

Mais, comme les orateurs et les écrivains,
qui s'amusèrent à faire, *à tout propos*, une
guerre si *continuelle*, non-seulement aux nobles vivans, mais aussi à ceux déjà morts depuis des siècles, et à l'étendre même (cette
guerre) jusque contre les nobles qui pour-
raient exister à la fin du monde, ne peuvent
jamais être des revenans; je dois me persuader que ces messieurs sont des hommes qui,
de dépit d'avoir vu finir leur rôle, sans avoir
été faits nobles par le César des Français, se
vengèrent, de son cruel oubli, contre *toute* la
caste, dans laquelle il ne rangea pas leur
gloriole; et qui, par un réveil de mauvaise
humeur, de ce qu'ils ne pouvaient étaler, que
comme bourgeois, leur fortune, ou ne donner que pour bourgeoise leur importante personne, voulurent s'en dédommager, en exer-
çant leur esprit, morose et mordace, contre
ceux, auxquels ils auraient bien voulu avoir
été agrégés comme confrères, et dont ils ne se

seraient pas moqués, s'ils l'étaient devenus ; parce qu'on ne vit jamais quelqu'un se moquer de soi-même ; à moins que ces écrivains et ces orateurs ne voulussent qu'il n'y eût des hommes sensés et aptes, que parmi les nouveaux nobles, et que les anciens sont, *tous*, des idiots et des mâchoires.

Il s'en trouve, sans doute, parmi les anciens nobles : mais, il y en a dans *toutes* les classes de la société ; et, pourvu que les *peuples n'en souffrent point*, il faut les laisser jouir en paix, *comme les autres*, de leurs bénignes chimères.

Quant à moi, j'aime tout honnête homme, quels que fussent sa croyance religieuse, son opinion politique, son système moral, son pays, son état, son origine, sa fortune, son savoir et son genre de vie : mais, je préfère de beaucoup un petit génie, qui ne connaîtrait pas l'art de *monter les têtes*, à un grand génie, qui aurait le talent de bien parler et de bien écrire : mais qui, par son *ultracisme* quelconque, serait un *très-mauvais* conciliateur : *et c'est concilier qu'il faut*.

J'estime infiniment ceux qui obtinrent leur noblesse par leurs services ; car on ne doit pas demander, à une noblesse méritée, *depuis quand* elle date.

Mais, je trouve de l'*ultradémocratisme* à

vilipender la noblesse ancienne, parce qu'elle est estimable *en soi*, et que les anciens nobles peuvent s'énorgueillir de leurs ancêtres, comme les descendans des nouveaux pourront être fiers d'avoir eu, pour ayeux, des hommes qui se distinguèrent.

Au surplus, est-ce bien *uniquement* du *genre* et de l'*espèce de* gouvernement, que *dépendent* le bonheur et la félicité des peuples, et la bonne harmonie, la tranquillité et la concorde, dans l'ordre social et dans l'ordre politique?

Et sont-ce les gouvernans, *seuls*, qui peuvent les donner aux nations?

Ou les gouvernés doivent-ils (pour *pouvoir* en jouir) y contribuer aussi *de leur* côté?

Les meilleures constitutions *empêchèrent-elles* les désordres?

Les meilleures lois *empêchèrent - elles* les crimes?

Et les plus cruels supplices *empêchèrent-ils* les forfaits?

Non !

Or, c'est, *essentiellement*, dans les *dispositions* de leur esprit, et dans *celles* de leur cœur, que les hommes doivent *chercher et trouver* le contentement, le repos et la paix.

Cela est si réel, qu'un Arabe nomade, un

Turc réfléchi, un pauvre Lapon, ou tout autre (plus heureux dans ses habitudes *rétrécies*, et dans ses désirs *bornés*, que nous le sommes par nos beaux *raisonnemens*, et par nos grandes *combinaisons*) regarderait, comme un joug, s'il devait vivre parmi nous.

Au reste, chacun ayant dit ses pensées, j'ai pu dire les miennes.

Ceux, qui dirent ce qu'ils pensèrent, crurent sans doute faire bien.

Je crois bien faire aussi, en disant ce que je pense.

J'admets leurs intentions pour bonnes.

Ils m'accorderont, j'espère, la réciprocité !

C'est au lecteur à examiner, à peser, à comparer et à juger.

De tout ce qui précède, il résulte (pour quiconque n'est animé que du bien *public* et de l'intérêt *général*) que, lorsqu'on a fini de parler, ou d'écrire, pour des opinions qu'on croit *bonnes* et *justes*, l'on ne voit plus, dans ceux qui manifestèrent des opinions contraires aux nôtres, que des hommes auxquels on souhaite toutes sortes de satisfaction, et toutes sortes de bonheur.

Je n'ai fait, ici, qu'une *petite* sortie de ma retraite, pour prendre un peu l'air, et regarder autour de l'horison.

Mais, avant d'y rentrer, je réclame l'indulgence de ceux qui me liront ; et j'y compte, parce que nous en avons, *tous*, plus ou moins, besoin, et que nous devons faire, à autrui, ce que nous voudrions qui nous fût fait.

J'y rentre en formant des vœux pour tout le genre humain, et en désirant que nous fassions, *tous*, un meilleur usage de nos facultés intellectuelles, physiques et morales.

Je sais que, par la publicité de cet opuscule, je vais donner, à *certains* individus, (qui veulent, absolument, que je sois un *drôle de corps*) de quoi trouver de *l'originalité* dans mon langage.

Je les remercie, d'avance, du nouvel éloge que j'attends de leur part, parce qu'il me paraît que le plus petit *original* valut toujours mieux que la meilleure *copie*.

Je voudrais, néanmoins, que j'eusse pu apprendre, *comme eux*, à copier les autres ; parce que, richesse d'esprit faisant plutôt le tourment, que le bonheur, des hommes, je me trouverais alors, par la pauvreté du mien, non-seulement beaucoup mieux en ce monde ; mais que j'y gagnerai d'ailleurs beaucoup pour l'autre («*quoniam ipsis est regnum cælolorum*») auquel j'espère, parce que j'y crois par religion, qui me l'enseigne ; par philosophie, qui m'en persuade ; et par civisme, qui l'exige.

Je dis : qui l'exige ; car ceux, qui préten-
dent que l'existence humaine finit avec la vie
des hommes , ne pouvant ni avoir redouté
aucune punition , ni avoir attendu aucune ré-
compense , après leur mort, *ne purent avoir
été* que des *égoïstes*, puisque, n'ayant songé
qu'à se satisfaire, ils *ne purent*, par *cette seule*
raison, jamais avoir été que de *très-mauvais*
et *très-dangereux citoyens.*

Quoique je n'ai voulu être que véridique
et juste , je n'en passerais, pas moins, par où
passèrent tous les hommes, qui ne craignirent
pas d'écrire sur des matières *aussi délicates*
que celles sur lesquelles j'ai dit *un mot;* c'est-
à-dire : que je sais qu'il ne me manquera ni
Aristarques, ni *Zoïles.*

Aussi , me semble-t'il déjà voir les grands
génies rire de pitié ; les beaux-esprits plaisanter ; les épilogueurs éplucher jusqu'au moindre de mes termes ; les gens à système et à
méthode hausser les épaules ; les savans , à
tête *creuse* , froncer le sourcil ; et les *ultra*
(*quelconques*) qui l'ont *chaude*, relever la
moustache, ou le menton.

Tout cela doit avoir lieu : mais , de deux
choses l'une : ou j'ai puisé mes opinions dans
une bonne logique : ou elles ne sont fondées
que sur des *rêves* que j'aurais faits.

Dans le premier cas , on ne peut , *raison-*

nablement, m'en vouloir, si j'ai déraisonné ; et, dans le second, on n'a qu'à ranger mon opuscule au nombre de *tant d'autres* rêveries de l'esprit humain, qui aurait donné de meilleures déductions sur bien des choses, si chacun s'était borné à raisonner sur ce qu'*il connaissait*, en suivant le précepte, si sage, de « *quam quisque norit artem, in hac se exerceat.* »

Enfin, si, pour avoir des connaissances, il faut être de quelqu'institut scientifique, de quelque société docte, de quelqu'académie érudite, ou de quelque assemblée de sages ; j'avouerai, alors, que je ne suis qu'un ignorant; car je n'ai jamais joui d'aucun de ces titres, quoique j'aie toujours passé *par-tout*, sans ce *passeport*, qui rend, *extrinsèquement*, recommandable : mais, qui ne change, en rien, *l'intrinsèque* du porteur.

Au reste, comme aucune chose n'est devenue *plus commune* que *l'esprit* et le *talent;* il ne saurait que m'être très-agréable de voir que ceux, qui me veulent *tant de bien*, me continueraient leur *suffrage;* car il est *plus flatteur* pour moi, *qu'ils ne s'en doutent.*

Ils m'ont encouragé par leurs *louanges*, et je veux *alimenter* leurs *bonnes* dispositions à mon égard.

Homines inspeximus omnes, et ad eos veracem locuti sumus politicam.

FIN.

www.ingramcontent.com/pod-product-compliance
Lightning Source LLC
Chambersburg PA
CBHW070823260626
47161CB00006B/2392